ROSANA RIOS

TIMÓTEO, O TATU POETA

ILUSTRAÇÕES
SEMÍRAMIS NERY PATERNO

editora scipione

Timóteo vivia cavando buracos como faz todo tatu. Passava o dia tranquilo na toca, de vez em quando caçando uma minhoca ou formiga que desse o azar de aparecer. Só à noite é que seguia pelo túnel principal até sair da mata.

Às vezes parava para conversar com Tatu Tonho, na saída da toca. Tonho e outros tatus mais velhos viviam com preguiça de sair, mesmo para beber água.

— Sair?... — dizia Madame Tatua, uma das mais enjoadas. — É muito perigoso!

— Tem razão! — concordava Tatu Otávio. — Melhor ficar aqui no fundo da toca, onde os caçadores não chegam.

— Até logo, Timóteo! Quando você voltar, nos conta como vai a mata lá em cima — despedia-se Tonho. E se ajeitava sobre as folhas secas que formavam uma cama macia, abrigando muitos tatus preguiçosos. Lá ficavam eles, conversando sobre a vida, enquanto Timóteo e os tatus mais jovens saíam pelo mundo afora.

Procuravam água, frutinhas, raízes e também formigas. Protegidos pelas cascas grossas, Timóteo, seus amigos Teca Tatinha e os irmãos Tonico e Tilico atacavam juntos os formigueiros grandes.

Mas não naquela noite. Teca Tatinha estava de visita a Madame Tatua, que era sua tia. Tonico e Tilico tinham ido para longe, à procura de raízes de mandioca. Ao sair da toca, Timóteo se viu sozinho e quis se meter a corajoso: resolveu ir beber água numa nascente perto do morro, onde quase nunca os tatus chegavam.

Não era difícil chegar lá. O problema era atravessar uma clareira cheia de pedras, lugar perigoso, pois não havia plantas que escondessem um tatu desprevenido dos inimigos. Onças, jaguatiricas e, pior de tudo, caçadores.

Timóteo, um tatu moço, metido a valente e cheio de ideias, nem pensou em perigo e foi direto para a clareira, já sentindo na boca o gostinho da água fresca da nascente.

Teve sorte, é verdade: não havia caçadores nem onças famintas por perto. O que ele não sabia é que o perigo maior não estava na terra, e sim no céu... A Lua, nos últimos dias em quarto crescente, estava ficando cheia. E assim que Timóteo entrou na clareira vazia, ela saiu de trás das nuvens. Seu clarão forte brilhava como nunca!

Foi a primeira vez que Timóteo viu a lua cheia. Nas noites em que saía, costumava ficar entre os arbustos, olhando para o chão à procura de comida. Mas naquela noite, ah!... A luz do luar fazia brilhar as pedras, as folhas das árvores, o fio de água nascendo além da clareira.

O tatu parou ali, indiferente ao fato de se tornar visível a todos os outros bichos. Pegou o luar em cheio na casca, nas patas, nos olhos. Esqueceu-se até de beber água!... Só quando ouviu alguns pássaros começando a se agitar — sinal de dia chegando — é que deu meia-volta e seguiu direto para a toca.

Tão distraído estava que passou por Tatu Tonho sem notá-lo.

— Ué, Tatu Timóteo! Voltou só agora da mata? — estranhou Tonho.

— Voltei — explicou ele —, por causa do luar. Era tão bonito que eu não podia deixar de olhar!

— Cuidado, rapaz! — alertou o mais velho. — Lua cheia mexe com a cabeça da gente. Cuidado para não ficar aluado!

Era tarde para avisar. Não sei se foi a Lua, o ar da noite, ou alguma doença desconhecida para os tatus. O que eu sei é que depois daquela noite Timóteo nunca mais foi o mesmo...

Teca Tatinha foi a primeira a perceber, quando passou ao lado da toca em que Timóteo dormia, em seu amontoado de folhas. Como sempre fazia, puxou conversa:

— Olá, Timóteo! Caçou muito a noite passada?

Timóteo, ainda com brilho nos olhos, respondeu:

— *Quem é que podia caçar*
Debaixo daquele luar?...

Teca achou graça:

— Caçar? Luar? Que engraçado, Timóteo! Você rimou!

Tatu Timóteo estranhou:

— *Rimei? O que é isso?*
Não conheço esse serviço.

— Rimou outra vez! — riu-se ela. — Isso com serviço.

Timóteo finalmente entendeu:

— *Ah! Isso que é rimar?*
As palavras combinar,
uma poesia formar!

A essa altura Teca já estava desconfiada:

— Você está brincando comigo, Tatu Timóteo!

Mas ele olhava para ela mais sério do que nunca:
— *Quem disse que é brincadeira?*
Não brinco dessa maneira.
— Pois então converse sozinho! Muito engraçado, ficar falando tudo com rimas...

Irritada, ela deixou o amigo na toca e foi embora pelo túnel. Não sabia que aquelas rimas não saíam de propósito. Timóteo não conseguia falar nada sem rimar. Fosse com quem fosse, a qualquer hora do dia ou da noite, dentro ou fora da toca, era só abrir a boca que saíam versos.

Timóteo acabou se acostumando. Mesmo depois de passado o efeito da lua cheia, ele estava tão acostumado com a poesia que não parava mais de rimar. Achava aquilo tão bom! E passava a maior parte do tempo procurando rimas diferentes:

— *Boa tarde, Tatu Tonho!*
Está um dia medonho...
Chove tanto lá na mata
Que o rio virou cascata!

Quando encontrava os amigos Tilico e Tonico, fazia propaganda dos efeitos da lua cheia:

— *Não deixem de ir passear*
lá na clareira, ao luar.
Lua cheia quando brilha
é mesmo uma maravilha!

Os outros achavam aquilo um pouco estranho, mas engraçado. Era bom para quebrar a monotonia da toca. Foi então que a história chegou aos ouvidos de Madame Tatua.

A princípio ela não acreditou. Ora, um tatu fazendo poesia! Só podia ser brincadeira. Tatus jovens gostam de pregar peças nos mais velhos. Era preciso esperar que a mania passasse.

É claro que não passou. Meses depois, Tatu Timóteo não só não deixava de rimar, como estava ensinando todos os filhotes das tocas próximas a fazer rimas também! A fama do Tatu Poeta ia se espalhando pela mata.

Tanta poesia era demais para Madame Tatua. Resolveu agir. Foi entrando em todos os túneis vizinhos, à procura dos tatus mais velhos.

— Isso é um absurdo! — repetia ela para quem quisesse ouvir. — Onde já se viu um tatu rimar? Nunca houve tal coisa em nossa comunidade!

Os tatus velhos cochichavam entre si:

— Ela tem razão.

— Desde que o velho Tatu Teodoro cavou o primeiro buraco na mata, nunca se viu um tatu rebelde como esse!

— Daqui a pouco vão mudar todo o modo de vida dos tatus!

— E vão querer que a gente pule de galho em galho, feito macaco!

Apenas Tatu Tonho, que conhecia Timóteo desde pequenininho, defendia a mania de seu amigo.

— Deixem o Timóteo em paz! — dizia. — Ele não incomoda ninguém com as suas rimas.

Madame Tatua estremecia tanto que quase rachava a casca:

— Incomoda, sim! Tatus não fazem poesia. Certo?

— Certo! — respondiam os tatus.

— Timóteo faz poesia, logo não é um tatu como os outros. Certo?

— Certo! — repetia o coro.

— Portanto — arrematava Madame Tatua, com o focinho empinado —, ele deve ser proibido de rimar para não atrapalhar os outros!

— CERTO!!! — gritavam todos.

E Tatu Tonho não conseguia convencer ninguém de que Timóteo tinha o direito de rimar.

Na semana seguinte, na entrada do túnel principal, de onde saíam muitos buracos de tatus, apareceu um aviso. Escavado em casca de árvore por unhas de tatu, dizia assim:

É bom explicar que o Conselho era formado por todos os tatus mais velhos e por Madame Tatua! Logo que o aviso apareceu, Tatu Tonho achou melhor ir conversar com Timóteo. Encontrou-o na toca, terminando uma poesia que fazia para o aniversário de Teca Tatinha.

— *Como vai, Tatu Tonho?*
Por que esse ar tristonho?

Tonho suspirou profundamente. A coisa ia muito mal. Até para cumprimentar os amigos ele rimava!

— Olhe, Tatu Timóteo — começou ele —, você não soube do aviso que foi colocado na entrada das tocas? O Conselho resolveu proibir os tatus de fazer rimas.

Timóteo não se preocupou muito com aquilo:

— *Rimar é tão divertido.*
Não pode ser proibido!

— Eu sei, mas os tatus mais velhos não pensam assim. Acham que não se deve mudar o que os tatus vêm fazendo desde que apareceram. Mudanças, para eles, são perigosas!

Timóteo ainda não estava acreditando:

> — *Pois desde o meu nascimento*
> *eu mudo a todo momento!*
> *Antes mamava, e agora*
> *caço pra comer lá fora.*
> *Mesmo se quiser parar*
> *de a toda hora rimar,*
> *eu sei que não poderia.*
> *Abro a boca e sai poesia!*

— Pense bem, Timóteo — continuou Tonho —, fazer rimas é mudança demais para velhos tatus acomodados. Se você não parar, eles vão expulsá-lo daqui. Pense bem e pare com essas rimas!

Timóteo não podia parar. O costume de procurar rimas já fazia parte dele. Sentia-se feliz quando terminava uma frase e a poesia saía limpa, natural, gostosa.

> — *Por que querem proibir*
> *alguém de se divertir?*
> *Não sei o que faço agora,*
> *se eles me mandam embora.*
> *Gosto da mata, da toca,*
> *de formiga e de mandioca,*
> *de beber água no rio,*
> *de dormir quando faz frio.*
> *Mas, mais do que a luz do dia,*
> *gosto de fazer poesia!*
> *E vou viver magoado*
> *tendo que ficar calado...*

A proibição era pra valer. Os tatus jovens, que achavam divertidas as rimas de Timóteo, tratavam de ficar bem quietos e não irritar os mais velhos. Ninguém queria ir embora da mata. Para onde iriam? Nasceram e cresceram ali. Tinham que se preocupar somente em procurar comida e água, além de escapar dos perigos. Se Timóteo queria ser diferente, o problema era dele!

Aos poucos, o Tatu Poeta foi ficando sozinho em seu canto, remoendo suas rimas lá por dentro, já que não podia colocá-las para fora. Ele quase não falava, com medo de se esquecer e, de repente, deixar escapar um verso. Porque só um bastaria para chegar aos ouvidos de Madame Tatua e causar sua expulsão.

Foram dias muito tristes. Nem por brincadeira algum tatu se atrevia a falar duas palavras com final parecido...

Magro, desanimado, cansado de tanto ficar com a boca fechada, certa noite Tatu Timóteo saiu da toca para beber água. Com muito cuidado para não encontrar ninguém, ele cavou um novo túnel de saída e foi parar bem perto da clareira, onde tinha visto a lua cheia pela primeira vez. Esperou que as nuvens se afastassem e olhou a Lua. Não era cheia, estava ainda em quarto crescente. Ali, sozinho, sem nenhum tatu por perto, Timóteo finalmente pôde falar:

— *Ah, minha amiga Lua!*
Sei que foi por culpa sua
que eu fiquei com a mania
de sempre fazer poesia.
Agora vivo calado,
sozinho e desanimado,
sem poder olhar pra cima,
segurando a minha rima.
Vou acabar doente
sem ir pra trás ou pra frente,
esquecido no meu canto
por causa do seu encanto.

A Lua não respondia, mas uma voz conhecida cochichou por trás dele:

— Ei, Timóteo! Quero falar com você!

Era a voz de Teca Tatinha. Escondida atrás das pedras da clareira, ela estivera ali ouvindo a conversa de Timóteo com a Lua, decidida a fazer alguma coisa para ajudá-lo. Aquela situação não podia continuar!

Timóteo, porém, desconfiava até dela:

— *O que você quer de mim?*
Não basta eu estar assim,
desanimado e cansado,
de tanto ficar calado?

Teca Tatinha não o deixou terminar:

— Chega de desânimo, Timóteo! Eu tive uma ideia para resolver seu problema. Aliás, nosso problema! Se eles proibiram você de rimar, daqui a pouco vão começar a proibir mais coisas. Tatus, quando se metem a mandar, não param mais!

— *Não sei, não, minha querida...*
Essa é uma guerra perdida!

— Pois nós vamos acabar com a guerra — afirmou Teca. — Com a ajuda da lua cheia, vamos mostrar a eles que rimar não é crime!

Os dois voltaram animados para a toca. Nos dias que se seguiram, estiveram ocupados em fazer uma coisa muito estranha: cavar pequenos buracos em vários pontos do chão da mata. Outros tatus amigos, como Tonico e Tilico, também ajudaram. E quando chegou o fim da semana, estavam todos ansiosos esperando a noite descer.

Madame Tatua foi para seu canto da toca, como
fazia todas as noites, esperar pelos tatus do Conselho.
Ajeitou-se sobre as folhas, sem perceber que, no alto da
toca, um buraco fazia ligação com o mundo lá fora...

A reunião do Conselho começou.

Era lua cheia outra vez! O clarão da Lua, forte, brincalhão,
entrou mata adentro, passando por entre os galhos das
árvores e chegando ao chão. Não demorou muito para que
entrasse nos buracos escavados pelos tatuzinhos. O plano
de Teca começou a funcionar!

A luz atingiu em cheio os velhos tatus, que conversavam.
Madame Tatua sentiu algo esquisito acontecendo. Olhou
pra cima e viu a luz que entrava:

> — *Buracos no teto da toca?!*
> *Quem é que teve coragem*
> *De fazer essa bobagem?*

Tatu Tonho, quieto em seu canto, sorriu divertido:

— Ué, Madame Tatua. Foi impressão minha ou a senhora
rimou?

> — *Bem, eu não sei direito...*
> *Nunca falei desse jeito!*
> *Mas sinto coisas estranhas*
> *Aqui nas minhas entranhas!*

Tatu Otávio, também recebendo a claridade, disse:

> — *Ela rimou, é verdade.*
> *Mas que infelicidade!*

A confusão se instalou na toca. Todos os velhos tatus começaram a falar rimando. Madame Tatua não se conformava, e Tatu Tonho ria, ria com prazer.

— Nós não queremos rimar,
mas não podemos parar!
Isto aqui não é possível,
é a coisa mais incrível!
Será uma epidemia,
um ataque de poesia?!

Era o efeito da lua cheia, desta vez atacando os tatus do Conselho. Eles tentaram de tudo para parar de rimar, reclamaram, sapatearam, mas não podiam fazer nada. A poesia era mais forte!

O aviso riscado a unha de tatu na casca de árvore desapareceu pouco tempo depois. Não se podia proibir uma coisa que quase todos faziam!

A lua cheia passou, e com ela a magia. Mas havia deixado em todos a prova de que rimar era gostoso. Mesmo os tatus que tinham mais medo de mudanças acabaram esquecendo de implicar com os poetas.

Quanto a Tatu Timóteo, o primeiro tatu poeta da mata, voltou a fazer suas poesias sem preocupações. Ele e Teca até inventaram um jogo que ficou muito conhecido por ali: o Campeonato de Rimas para Tatus. Quem conseguisse lembrar mais palavras que rimassem ganharia o Campeonato — e o título de Poeta da Mata! Quem diria...

Proibir não adianta
quando a gente dança e canta,
quando a gente se alivia
fazendo história e poesia.
Seja bicho ou seja gente,
quem quiser ser diferente
tem que ter sempre o direito
de escolher qual é o seu jeito!
E quem quiser ser teimoso,
impedindo o que é gostoso,
acaba é arrependido
de dizer que é proibido.
Pois, mais dia menos dia,
também vai fazer poesia!